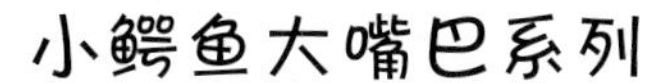

火车那么长

朱惠芳/文　　王祖民/图

小鳄鱼最喜欢火车了，每次电视机里一出现火车，小鳄鱼就把眼睛瞪得圆圆的。

咔嚓咔嚓！火车越开越远，小鳄鱼的脖子也越伸越长，差点儿把自己的大嘴巴顶到电视机上。

哎！要是能
里开火车多好啊！

火车看不见了，小鳄鱼直叹气。

你自己想办法呀！

对呀！我自己来变火车。我当火车头，谁来当车厢呢？

小鳄鱼转了两圈，突然想到一个好办法。

小鳄鱼在家里找呀找，终于找到了几节“火车厢”。

咔嚓咔嚓！火车上路啦！

小鳄鱼甩开脚丫，啪嗒啪嗒向前走，穿上绳子的“火车厢”在后面跟着……

咣咣咣！那是一个大脸盆。

砰砰砰！那是一个四脚朝天的小凳子。

沙沙沙！那是妈妈淘米用的米箩。

笃笃笃！那是一只卡通塑料杯。

喀喀喀！那是一只竹篮子。

小鳄鱼的火车在树叶镇上到处跑。小熊、小猴、小兔和小狐狸都来乘火车了。

咔嚓咔嚓！火车开得欢！

嘿哟嘿哟！火车的声音怎么变了？原来小鳄鱼浑身上下都是汗，他实在拖不动这列小火车啦！

小熊、小猴、小兔和小狐狸赶紧帮忙一起拉火车。小鳄鱼顿时觉得肩膀上一轻，浑身又有劲啦！

别着急，我们来帮你！

树叶镇的小动物们见了，都来坐小鳄鱼的小火车。

啊！火车那么长，长得都看不见尾巴啦！

火车火车那么长，
过山洞，过大桥，咔嚓
咔嚓到我家，到我家！

　　小鳄鱼高兴极了，一边跳一边唱起来……

游戏开心乐

修火车

小鳄鱼用纸箱做了一列小火车，可是车厢不小心被弄坏了。小朋友，你能帮忙修一修吗？请你用线把车厢和相应的缺失部分连起来。

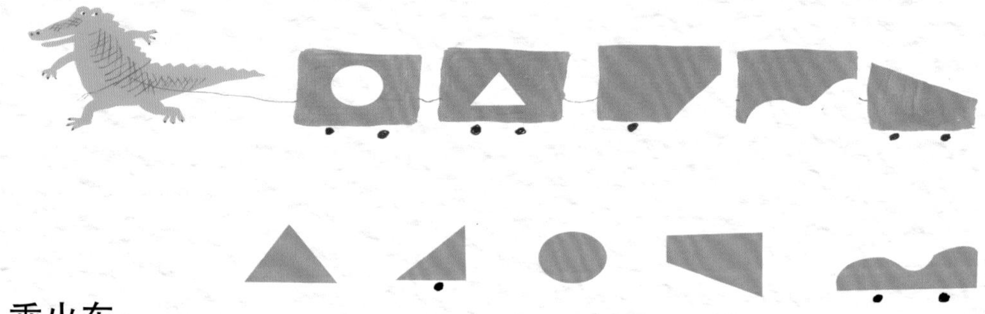

乘火车

动物们都来乘火车，请你帮他们找到相应的车厢号，并用线连一连。

火车头里藏着谁

火车头里藏着谁呢？请你把写着数字 1 的图形涂上橙色，写着数字 2 的图形涂上蓝色，写着数字 3 的图形涂上红色，就能知道答案啦！

朱惠芳

幼儿教师，江苏省作家协会会员。工作之余创作童话，在国内幼儿杂志上发表400多篇童话，近年来出版绘本系列《我来保护你》《生命的故事》等。

王祖民

苏州桃花坞人。大学毕业后一直从事童书出版和儿童绘画工作。近几年致力于儿童绘本的创作，喜欢探索各种绘画方式，以期呈现给儿童丰富多彩的画面。"我很庆幸毕生能为天真无邪的孩子们画画，很享受画画的愉悦。"

图书在版编目（CIP）数据
火车那么长 / 朱惠芳文；王祖民图.
—上海：上海教育出版社，2018.4
（看图说话绘本馆．小鳄鱼大嘴巴系列）
ISBN 978-7-5444-8281-3

Ⅰ．①火… Ⅱ．①朱… ②王… Ⅲ．①儿童故事－图画故事－中国－当代 Ⅳ．① I287.8

中国版本图书馆 CIP 数据核字 (2018)
第 069343 号

看图说话绘本馆·小鳄鱼大嘴巴系列

火车那么长

作　　者　朱惠芳/文　王祖民/图
责任编辑　管　倚
美术编辑　王　慧　林炜杰
封面书法　冯念康

出版发行　上海教育出版社有限公司
官　　网　www.seph.com.cn
地　　址　上海市永福路 123 号
邮　　编　200031
印　　刷　上海昌鑫龙印务有限公司

开　本　787 × 1092　1/24　印张 1
版　次　2018 年 4 月第 1 版
印　次　2018 年 4 月第 1 次印刷
书　号　ISBN 978-7-5444-8281-3/I・0102
定　价　15.00 元